当代诗人自选诗

# 失语者

若寒 著

中国书籍出版社
China Book Press

图书在版编目（CIP）数据

失语者 / 若寒著 . — 北京：中国书籍出版社，2019.4
　　ISBN 978-7-5068-7236-2

　　Ⅰ.①失… Ⅱ.①若… Ⅲ.①诗集—中国—当代 Ⅳ.① I227

中国版本图书馆 CIP 数据核字（2019）第 027541 号

## 失语者

若　寒　著

| 图书策划 | 成晓春　崔付建 |
|---|---|
| 责任编辑 | 成晓春 |
| 责任印制 | 孙马飞　马　芝 |
| 出版发行 | 中国书籍出版社 |
| 地　　址 | 北京市丰台区三路居路 97 号（邮编：100073） |
| 电　　话 | （010）52257143（总编室）（010）52257140（发行部） |
| 电子邮箱 | eo@chinabp.com.cn |
| 经　　销 | 全国新华书店 |
| 印　　刷 | 三河市华东印刷有限公司 |
| 开　　本 | 880 毫米 ×1230 毫米　1/32 |
| 字　　数 | 70 千字 |
| 印　　张 | 5.5 |
| 版　　次 | 2019 年 4 月第 1 版　2019 年 4 月第 1 次印刷 |
| 书　　号 | ISBN 978-7-5068-7236-2 |
| 定　　价 | 38.00 元 |

版权所有　翻印必究

# 目录 / Contents

### 第一章 隐秘的歌声

002 八槐街,那些绿色的枝头装饰两旁
011 村庄史
017 夜晚在碛口古渡醉听黄河的涛声
021 包克图,夜晚将被反复提起
027 隐秘的歌声
032 一条河流般的忧郁

### 第二章 失语者

038 一只叫作记忆的虫子
040 高原写意
042 十七行

044 关于北方的吟唱

046 下午，气温和记忆同时变冷

048 幻　想

049 走月亮

050 守　望

051 一种渴望与落雪有关

052 风吹过记忆的边缘

053 从今天起，三月的桃花不落

054 鼓声骤响的晋西北

056 饮　茶

058 鹰在克力孟的上空盘旋

060 冬天的童话

062 杏花，与酒的一种传说

063 壶口是一种想象的动作

064 西北放歌

065 眺望阴山

066 文字游戏

067 回　归

068 告　别

069 我的声音把我从深夜惊醒

070 盛开的三月

072 当我已走进春天

073 五月怀想

074 一食堂，或者宿舍楼

076 马路上，一次与春天无关的迁徙

078　中心公园的玫瑰开了
080　一朵花的校园民谣
082　河流一样的温暖
084　我渴望的一切
086　有一轮太阳升起来
088　总会在记忆深处
090　怀念一个秋天
092　关于汉字的想象之一
094　关于汉字的想象之二
095　关于"某"
096　写诗换酒
097　暗　恋
098　孔雀东南飞
099　接近春天
100　当看见远古的某些痕迹
101　包临线上
103　致巴勃罗·聂鲁达
104　在河北平原上停留的片刻
105　去香山的路上
106　这一种残缺
108　告　别
109　随遇而安
110　雁北随想
111　葬礼之仪式
112　我们这样度过想象的秋天

114　庄周化蝶

115　窗外的麻雀以及其他鸟

116　有许多美妙的事情不必细说

117　无　题

118　烈　焰

120　当　年


### 第三章　随遇即安

124　故乡的雪

126　贫困的夏天

128　八月四日凌晨的太原火车站

130　异语与真实

134　我站在马路中央

136　第十层起，适合喝酒和熬夜

138　十一月四日保定大雾

140　大地深处急促的心跳

141　玉树：同一种呼吸

142　传说：大水

144　关于大雾

146　慈行：为逝去者歌


### 第四章　短歌行

150　失语者

152　农事颂

153　蜀南吟

154　春天记

155　司马台

156　剥洋葱

157　夜　雨

158　丢　失

159　左　右

160　春　天

161　盛宴之后


163　附：小小的心，开向太阳

# 第一章　隐秘的歌声

## 八槐街,那些绿色的枝头装饰两旁

### 之一:福祉之槐

第一棵槐,植在洪洞的庭院
莲年有鱼:那是年关幸福的图腾
祖母剪出了火红的窗花
小人们,站在窗棂上抖动丰收的簸箕①
这头是洪洞明亮的灯火
一个传说挂在喜颤颤的枝头

腊月底是这样的喜庆,正月里
仍是贴满窗花的笑声
双蝠接子:这是悬挂在斑驳的门后
落满庭院的槐花
是福祉的旧泥,漫出第一棵槐的根部

---

① 晋东南和晋南民间的一种剪纸艺术,可以通过灯光的摇摆达到动静结合的视觉效果。

大地满是你皱纹般的温馨

之二：象征性及其他

乔家老屋的窗口，喜鹊叫喳喳
一个私塾透出饱满的祝福
乔家，乔家
这无比温暖的声音
喊出了妹妹欢喜的碎步
背分过河①，大清朝的瓦砾欢快而舞

竹报平安：竹节中响动嫩绿的春天
阳光透过第二棵槐的间隙
温暖在瞬间如此澎湃
我心清亮如祠堂的佛音
盛满祖宗的庇佑
恍若四百年宏大而神圣的祭仪
七十二阶青砖，三十六尊闪光的琉璃
九十九串红灯笼
在第二棵槐的枝头，扬起眉梢

之三：轮回或线性之表达

当寂静归于寂静，浮嚣尘世

---

① 晋中一带，尤其是靠近乔家大院一带的一种民间游戏，类似于踢方格子，形式很多。

浓缩于一只精致的佛龛
梵音毕至。第三棵槐
静穆于五台浩大的庭院
一缕余音穿射幻象的天空

唯有寂静,当夜晚的脚步安然降临
五台在一种命运的注视中
完成某些始终的更替
宛若一棵树的内心
记录身体的轮回

第三棵槐,将寂静趋于寂静
将定数融于最初的谶语
而我如此艰难,擎起这弱小的魂灵
沉默于无数夜色的孤独之中

当虚无布满你隐忍的面孔
檀越,一花一世界

## 之四:补天之阙

第四棵槐生长的一方
祖父埋葬于此
我的脐带从这里断开
我的血液,历经九十九道湾的迂回

在深处，或碛口以西更深的地方
大河之水天上来

我相信筑于经脉之上的古镇
定然有一种胸襟，柔和且坚
碛口，视祖父为一粒种子的土地
飘摇的身影正在辛勤耕种

古老是黄河赐予碛口的一掬泥沙
在无数美妙的构想中，轻缓而坚定
水与石之阵痛：使我看到壶口的上游
一只犁耙撕裂土地的疼

疼痛是黄河遗落的一粒石子
第四棵槐坚守于碛口
荡满号子的涛声中
守护先祖的坟冢，以及大河之血
我期冀一缕天光穿透瞬间的混沌
在此获得永生

一枚树叶走进九月的干涩
第四棵槐，已呈现别处重叠的掌纹

## 之五：回归之殇

第五棵槐，植于我残损而枯黄的
躯体。我的血脉和骨骼
定然弥满了千古之槐的气息
你看，在我这艰难隆起的脊背上
一瓣槐花覆盖了整个太行

让我的手指于巍峨的太行起伏
舞动诸般坚硬或风干的文字
催生活着的力量。第五棵槐
错综复杂的根系护佑太行的精魂
而我愿舍弃这斑驳的沉重之躯

与太行融为一体。第五棵槐
以及第五之外广袤的无数
漫布太行每一寸雄壮的肌肤
乃使博大的性灵向深处浸透
直达我皲裂的手掌和内心

一个人散落于山岗的孤僻
足以掩盖苍茫之下的所有躁动

## 之六：景象是可近可远的

攫取某些关于春天的意象，据为己有
比如，粉色的杏花徜徉于你的文字
一枚嫩绿的果实在吟颂的结尾
自然闪现：这是大唐烟雨迷蒙的清明
一个诗人途径开满杏花的村庄
第六棵槐，枝头呈现水晶般的吉祥

我们唯有感恩：在一场春雨中祈福
在杏花烂漫的句子间安然入眠
汾河以北，子夏以南
多少个优雅的意象跃出村庄
以绝句的形式在炊烟中排列成行

而我斜倚一棵枝叶茂盛的槐
将春天的窃喜，藏于一颗晶莹的露珠
唯美酒和那些行走的人
与我一道，梦回唐朝的清明

## 之七：直觉，颜色的体现

一株雕刻在石头上的树

直抵云岗的心脏

从根部起,镂空第七棵槐的枝干
以及石头一般坚硬的血液
我透过这褐色的深邃的经脉
内心已呈现巨大的撕裂
我听到北魏的草原
烈马踏过时光的蹄声
我看见北魏的天空
一只苍鹰倏然起飞
羽翼抖动大地的惊恐

云岗之巅,有无数真实黯然逝去
或者穿越一些细节的永生
我复无言,沉默在沉默的诠释中死去
刻于石上的树,定然照耀了不屈的精神

第七棵槐,坚如磐石的躯干千年不倒
佛曰:生所以为生,乃是轮回
乃是我回眸间忽然消逝的葬礼
经幡过处,一棵树遂成顿悟的智者

### 之八:欢乐已经死亡

欢乐已经死亡!在黄沙漫布的西口

在悠长或洪荒之间，在——
天地之间，第八棵槐背离贫瘠的故乡
越过一些语言的坟冢
叛变表达，并无视我的倾诉
一个脚印搁在这边，另一个
通向幸福的某种途径

之所以这样描述：走西口
将行走设想为一种无边的幸福
一种巨大的信念使思想止步
使天空旷达，使大地辽远
第八棵槐使绵延千年的城墙
轰然坍塌，使我们黯然老去
使庭院荒芜，使目光变浅
使我们关于大槐树下的记忆
顿成一片空白

出了西口，第八棵槐依然枝叶繁茂
我们抵足而眠
我们的生活要亮了
我们屏息，并沉湎于一场未知的爱情

### 结语：诵颂之什

有八棵槐树，称此为街

名曰八槐。这一条街道如此漫长
与我们走过的许多路
有众多相似的表达和哀伤
八棵槐,就在我们经过的许多地方
许多人,许多枯萎或绿色的枝干
如同记忆遗落在某一个下午
忘却成为世俗的惯性

有一条街道,名曰八槐
它的苍老镇压我们的欲望
它的沉静怒视我们的浮嚣
八槐为街,它所装饰的这条道路
曾经无比宽容你凌乱的步伐
以及你的哭泣,徘徊的身影
它如此细致洞察你的伤口
你的忧郁,以及藏匿的泪水

八槐街,由八棵槐树站立而成
它是你瞬间经过的那个村庄
平凡犹如祖父面颊上密布的皱纹
我的脚下沾满了村庄的泥土
我的头顶落满槐花
如果远行,也总会带一些风干的槐枝
它是我途中无比宽广的信念
在远处等候,在所有槐花怒放的日子
温暖身体每一处孤独的冰冷

# 村庄史

一：时间

无从知道,一个村庄
曾带给我怎样的臆想
阴山与祁连,是粗壮的胳膊
乳汁般的额尔古纳
在母亲宽阔的皱纹间奔跑如飞

你的年轻是一片绿色的草原
多年以前,我用粗糙的双手
捕捉一些村庄的表情
背靠大地的克力孟
那是阿爸遗失的牧鞭之魂

当我和我的村庄
在一条河流的岸边回归宁静
那些巨大的石砾
生活在草原的母亲
她们给我热烈的拥抱
她们的坚硬使我感动

在那古老而逼仄的村庄
一朵桃花努力盛开
一枚果实悄然形成

二：地点

我是村庄落魄的孩子
包克图，那遥远而明媚的故乡
我用双手植下河流与天空
那蔚蓝的晶莹，是我的新娘
流水一样透明的眼睛

当我成年后，在包克图的马帮
饮下青草一般旺盛的烈酒
我的双脚在骏马的蹄间踏过
我的双颊已石头一般坚硬

许多年以后,在遥远的异乡
我就是那个紧随妆奁
步履蹒跚的老奴
幸福镶嵌在皱纹的深处
盛开一丛隐秘的花朵

呵!我的额尔古纳
母亲肩上这细软的轻纱
她的美丽映照着云间
她的温暖流淌过我的脉络

在马帮,一万里远的故乡
包克图的新娘已经老去
有些幸福
无人能懂

## 三:人物

关于我的村庄,粮食与亲人
大地的眼睛清澈而明亮
还有什么比这更美
马奶酒的醇香在毡房里荡漾

我的父亲,那高原一般的巴特尔
阴山衬出他古铜色的脊梁

他曾到过草原和沙漠的深处
他是村庄勇武的图腾

痛苦而坚韧的村庄
围墙外的白桦，祖母的妆匣
一些烂漫的记忆成为家史
你的幸福，等待也如此沧桑

今夜，草原的深处传来呼唤
我那沉默而害羞的兄弟
额尔古纳的流水洗去你的慌乱
马头琴的歌声比你更加多情

我也曾挎起弓箭和马刀
大地的内心早已开始萌动
如果希望黎明那温暖的到达
就该在前夜的寒冷中，迅速启程

## 四：事件

她说那边下雨了
包克图的河水涨高
天气变凉

她说那草原的夜莺已经飞回
草儿鲜美
马儿肥壮

记忆像一把锋利的匕首
割开我陈年的旧伤
洒落一地的是沉默
夜莺,我的美丽之神

她说家中的白马驹已经长大
阿妈正在加厚我们的帐篷

白兰花是我的初恋
昨夜我梦见了她

## 五:春风拂面的故乡

我从辽阔的梦中醒来
黑夜是我明亮的眼睛
那无边的旷野如此神秘
仿佛包克图的新娘脉脉含情

当故乡的体温渐渐变冷
炊烟升起在寂寞的清晨
我的幸福像一只吉祥的白鹿

而你的记忆缠满时间的青藤

我要为你写下最美的诗篇
画眉鸟飞翔在草原的黎明

兄弟,我那马背上年幼的亲人
额尔古纳是我们世代的乳汁
祁连山给予祖辈无穷的力量

某一些苍白的日子
当我还在怀念你那勇武的身姿
而你早已用奔跑的姿态
为我们躁动的内心
送来平静而温暖的歌声

# 夜晚在碛口古渡醉听黄河的涛声

### 其一：夜

听，这些涛声
在蛙鸣与灯火里响起的
六月的涛声
我独自坐在河岸
无人对饮

这些细碎的音符
在泥沙中起伏低吟
远处飞鸟归巢，炊烟散尽
颂歌奏响了彼岸的陌生

大河是我今夜唯一的哥哥
他从暗夜奔跑而来

漫过浅草、石砾和我的脚印
如果此刻，我起身离去
他的目光将会多么寒冷

其二：醉

一个人沿着河岸喝酒
寻找遗落在水里的灵魂

六月，有六个若寒涉水而过
他们击节高歌
扔掉身上的外衣、尘土和疾病
他们相互安慰
谁不希望美满的爱情

彼岸早已灯火通明
六个若寒饮下了烈酒
温暖来自每一寸土地的阵痛

这些顺水而逝的孩子啊
我不是你们
我原是那悄然隐去伤疤
低头奔走的路人

## 其三：诗

今夜，烈酒变得温和
一只飞鸟降低了天空

我在大河的怀中安然睡去
故乡总是闯入梦境
六月，我在等待你的笑容
清亮犹如隔岸的歌声

今夜没有月亮、酒杯和夜莺
没有远处野马的嘶鸣
那些醉倒在河滩的虔诚
先我们而醉
并先于我们
抵达久违的宁静

今夜，我期冀回到从前
把诗歌给你，酒留给自己

## 其四：望

我总是忘记关起窗户

无意看见路上斑斓的行人

那些形色慌张的人
背着包袱一事无成的人
睡眼惺忪冲着路灯撒尿的人
勤奋的人，疲惫的人
和陌生人搭讪说笑的人
还有肩上扛着诗歌无比寒酸的人

他们匆匆经过我的窗前
留下无声的背影
这是六月，大河奔流
多么希望他们能有片刻的停歇
透过窗户
看到一个与酒相拥而眠的人

## 包克图,夜晚将被反复提起

### 辰时:途经一个叫忽鸡沟的村庄

那些景象是绿色的骏马,脚步飞扬
你听见左邻鸡鸣,右舍犬吠
老屋升起无边的炊烟,平地流淌

陌生人,这便是你坚韧的村庄
你们低头赶路,行色匆忙
你们从未到达这里
你们已经很久没有回过故乡

这个孤单而干旱的村庄
必须贮存足够的雨水
暮晚升起金黄

忽鸡沟,这贫穷而衰老的地方
前庭杂芜,后院荒凉
我曾经过无数浩瀚无边的栖所
却没有一处,将那疲惫安放

巳时:过阴山

把悲伤熄灭吧,凌厉的石头
这坚硬的问候已经睡去
安静如我年老的父亲

从来不曾欢笑
眼泪都那样陌生
他们说记忆是一把锋利的刀子
我却看到石头皴裂的疼痛

谁也无法诉说我的困顿
纵然双手高高举过头顶
我也无法喊出一点声音

把悲伤熄灭吧,我们俯身
拾起自己的影子和爱情
我们在疾风里飞快地奔跑
像咆哮的大河,充满感动

### 午时：秦长城遗址

薄得不能再薄的石头
相互搀扶，拥抱冰冷的身体
他们捡拾遍地的刀光
热爱别人胜过自己

敕勒川，一只巨大的手掌
把石头敲碎，尸骸遍地
一段失去温度的生活猝不及防

我们也曾被命运突然敲碎
双手抓不住一丝温暖的痕迹
我的身体，消瘦如昨日的挽歌
长城长，没有一处是故乡

把苦难和蓑衣留在这里
大秦的剑影，穿过一片薄薄的石头
在我熟睡的间隙显现无遗

### 未时：希热草原和一杯浓烈的酒

这是英雄的太阳

光芒属于瓷实的土地
倘若我们无法在热爱中生活
呐喊和醉酒还有什么意义

我是这样在乎你的奔跑
希热,你在夜晚展开冰凉的身体
为我这盛大的苦难放声哭泣

那些健壮的马儿已经睡去
在奔跑的梦境,他乡是故乡
我们曾经卑微地背叛自己
当我写下诺言,生活就被阻挡

谁不渴望美满热烈的爱情
今夜,我们泅渡一杯烈酒
足以令那水草丰美,歌声嘹亮

### 申时:白云鄂博的鲜花

开在钢铁上的花
在我到来之前悄然绽放
她们抬起温润如玉的脸颊

日复一日,腰肢变得坚硬
花瓣成为皇冠,戴在白云的头顶

她们都有一个美艳的名字
盛开不过是为了忘却

开在钢铁上的花
五种颜色,是牵挂你的五个情人
她们也许不被欣赏,但须盛开

她们为你而盛开
白云鄂博,温暖的鲜花
向着每一束阳光微笑
使我不能放弃春天和幸福

酉时:达茂,风吹草低

兄弟,我看不见牛羊
野草茂密。我在寻找一个诗人
他的身体躲藏于草丛

越来越低的草丛
匍匐大地,汲取血色的盐粒
风从他的胸膛经过
那野蛮而寒冷的唯一

给我一匹骏马
一支箭簇和弯弓

展开决斗,赢取美满的爱情

在达茂草原上奔跑不停
汗水洒落一地,不见牛羊
看不见另一个自己藏在何处
拨开草丛,山河入梦

　　戌时:包克图,夜晚将被反复提起

你是我身体里一道细小的伤口
疼痛与黑暗被反复触摸

我仍要吟诵这赞美之辞
清风玉露:如你冰凉的脸颊
这冰凉的叶子落入水中
波浪在夜晚灿烂绽开

你弱小的花蕾也会绽开么
白马已经在门外等待
这反复涌来的旧事
是大地深处隐忍的疼

所有的春天和伤口都是姐妹
花裙子上绣满了明媚
亲爱的,你要在春天回到草原
你是北方唯一的女儿

## 隐秘的歌声

### 7月3日：我看见炉火与青花之舞

我听见夜晚的蛙鸣
挂满青色之釉
一阵又一阵跌落池塘
仿佛未知的浓淡

炉火是冰冷的手
夏天是孕期，午夜是花
笔锋缓慢而庄严绽开
泥胚如大地般柔软

我听见花朵的旁白
露珠成为灰烬
这些夜晚从未被临摹

反复沉溺的哀伤,藏于釉下
有多少温存终将要熄灭
出窑之时,清白可鉴

### 7月7日:纪念一个梦境

昨夜梦见大雪纷飞
你点燃了身体的火焰

这火焰的跳跃是河流的呐喊
是山峰之间起伏的光
是夏天深处隐秘的战栗
是眉宇间云朵的歌唱

这些坚硬的大雪终将消融
身体渐渐老去,火焰也将熄灭
一只远行的鸟儿跌落在灰烬
我手捧余温,无助如傍晚的鸦雀

### 7月14日:大地之安

我以日子计算你的到来
这些七彩的日子便无比安静
此刻,天空如此贴近我的额头

手捧襁褓的双手开始颤抖

我曾手捧绵软的大地呵
在春天的洪流中肆意奔跑
七月，阳光织满沉寂的树梢
我们藏起了秋风，将身体舒展

倘若愿为你的身体彻夜歌唱
大地安详。这些晶莹饱满的花朵
就会在秋天的深处次第盛开
而你颔首，早已张开温暖的臂膀

## 7月17日：这是失眠么

夜晚如干涸的池塘
蛙鸣变得沙哑

我用双手举起黑色的闪电
刺穿这些沉默的云朵
咒语蜂拥而来
芦苇终止了生长

我的嘴唇已经干涸
语言盛满了血色
有人向着夜的深处呐喊

哀伤如失语的河床

今夜，一些无家可归的鸟儿
被我称之为忠实的兄弟

### 7月18日：又一个坚硬的夜晚

黑色的焰火在头顶跳跃
它们将黎明缓慢炙烤

这黎明的光，是夜的隐忍
是河流尽头众神的舞蹈
我将颂词填满了大地
孤独在苍茫的夜空飘摇

酒是冷的。此刻我身负千斤
蜷缩在密林的深处
这些破碎而零落的果实呵
在一些傍晚种下，另一些黎明开花

### 7月19日：温暖的汾酒

像一页熟读的经书
夜晚在纷飞的河流中淌过

这慌乱的目光是汾酒的温存
是你唇齿间绽开的花朵
我在石砾上写下柔软的诗篇
写下秋天的倒影、月光和麦浪

这些叮咚作响的文字
顷刻落满了大地的面庞
七月流火，八月未央
我合上经书，展开童年和死亡

## 7月20日：是夜，无关故乡与冰冷

梦见了草原深处大河浩荡
额尔古纳奔涌着夏天的芬芳
白马在时间云朵上跳跃
它送来鲜花与酒、闪电与光芒
英雄的弓箭上洇透了汗水与北方

如今我仍然流落他乡
把身体隐匿，藏起负重的翅膀
一杯温酒漫过我冰冷的胸膛

倘若醉去也是另一种温暖
你的孤独便是盛宴之后的安放
一只苍鹰栖息于我的枕边
对于未来，它早已开始歌唱

/ 031

## 一条河流般的忧郁

### 之一：清江，清如梦乡

他从清江涉水而来
带着八百里荒凉的气息
八百里路云和月
烈日写满了他黝黑的胸膛

他的目光如炬，言语甚少
像一穗饱满的麦子
张开了坚硬无比的锋芒

当我们渐渐有了城市的一切
霓虹灯闪烁，高楼茁壮
我们的背却越来越驼
似乎要扑向大地，铆足了力量

在这些仓皇匍匐的夜晚
我们总会把脚步搁在枕边
梦里站得笔直,却不知身在何方

之二:格尔木,天空瓦蓝

格尔木,天空瓦蓝,白云高悬
而我不知那盛开的花丛,哪朵是你

哪朵充满盐的血色,哪朵颔首
哪朵给予大地温暖而热烈的注目
哪朵花瓣忽如锋利的犄角
刺穿一切荒芜、沉睡和生活之慢

哪朵是你呵,哪朵如你之媚
哪朵在昆仑的冰冷中安静生长
而我,已在一条河流的忧郁中醉去
仿佛听见夜晚的烈酒,反复吟唱

之三:青海湖随想

天空很低
青海湖很高

白杨树撕扯着大地的胸膛
盐碱地渗出了血

这一望无际的苍茫呵
格尔木，夜晚如你

这靠近太阳的故乡
我愿眺望，荒芜被遗忘

昆仑山高，察尔汗水低
一朵格桑花在高原悄然绽放

### 之四：傍晚，有七个若寒经过鹿邑

傍晚，有七个若寒经过鹿邑
一个怀揣梦想，行色匆匆
一个为逝世的亲人哭泣
一个怅然若失
一个茫然四顾，无所适从
一个蹲在街角抽烟，自言自语
一个在焦急等待夜莺的归期
一个已看到了朝阳的升起

他们有着共同普通的名字
步履沉重，满怀心事

他们瞬间隐入嘈杂的声音
终将凝结成寂静的孤单

与李耳无关,与道德经无关
今夜,我在鹿邑的街头遇见七个若寒
谁的梦里是冰冷的函谷
我有青牛,身披彩冠

# 第二章　失语者

## 一只叫作记忆的虫子

好像有那么一只优雅的
叫作记忆的虫子
在某个舒缓而亲切的午后
它爬进我的书房,蠕动着身躯

阳光以一种懒散的姿态
融化了书房中干涩的气息
虫子迈出庄重而真实的步伐
它经过的地方,让人不敢正视

虫子脚步在书房中缓慢滑动
它审视着每寸光明或阴暗的空隙
我惊恐地摘下坚硬的面具
瞬间听到自己急迫而沉重的叹息

在这样一个舒缓而亲切的午后
我在书房中阅读着《唐诗三百首》
一只虫子在静穆中藏起自己的身体
它不经意间就溜进了我的过去

## 高原写意

如果说水乡是江南的风韵
高原,那就是北方的象征
天空抛洒着充足的阳光
没有养料和水分的高原在艰难长成

旋转的岁月在大地的脊梁上翻滚
碾下一些季节的车辙
宛如历史的视线,沉冗而漫长
高原,在漫步中延续着某种文明

北方的情绪在高原与平原的柔缓间
细心交流。在这里
无数株白杨冲破戈壁的荒凉
成长为浩荡的屏障

质朴与繁华交织为高原现实的图案
遥远的天空洒下些单纯的祈望
雪还没有融化,而高原
那蓬勃的情感已经开始萌动

## 十七行

让你去尽情炸裂吧
这世界的一切!
让你在滚烫的岩浆中
把灵魂也熔化!

像一峰呼啸的海浪
立着的
永远是浪花!
让丑恶和呻吟在焦灼中死去
让它永沉海底
沉没在死亡的沟壑里
不再作情感的爪牙!

让黎明的朝阳喷薄而出吧
把腐朽和污浊蒸发
我要呼吸!

我要呼吸!
纵使被万支利剑刺穿胸膛
我也不再是将死的躯壳!

## 关于北方的吟唱

北方高原上一望无际的麦浪
在山峦间倾泻
在大雁的长鸣中
最后一次拔节
于永恒中生息,渴望中绽放

那是祖先的血液
在我的体内汹涌流淌
故乡的山歌里
我所能洞悉的
不是播种,也不是耕耘
而是北方那剽悍而宽广的
坦荡而无私的胸膛

秋天的最后一颗太阳
在父亲的汗滴中缓缓滚落

光明碎成五彩的童话
一直衍生为我关于北方的狂想

## 下午,气温和记忆同时变冷

谁在世纪的边缘
怀念历史,以及关于历史的
某种高度
然后以诗人的方式
把意念表达为一道线性方程

诗歌淳朴如水
在城市的眉宇间淌过
一些关于存在的哲学
风干为思想的叶子
漫天飞舞
我们把记忆搁浅
风在桅上停歇的片刻
船已驶过昨夜

寒流过境的那天下午
天气骤冷
城市在一片唏嘘中
颤栗如早春的露珠
我们睡去，或者醒来
我们敞开自己怀念的铅笔
以诗人的方式
留住城市永恒的感动

## 幻　想

如果你要猜测我离去的忧伤
渴望重复一切无边的流浪
铺开一张地图，用目光代替脚步
走遍每个生长幻想的远方

一颗太阳爬上我翠绿的窗枢
一朵花抬头，以仰望光明的姿势
把肢体展开
收获温暖，或者爱的光芒

## 走月亮

总有些茫然的驻足
把远眺的目光遮掩
像停憩于枝头的浮光
把夜色表达为一种忧伤

梦中的一个人
用踏青的脚步
走月亮
月光洒满了心房

## 守　望

我最初的和最后的
是一程行走的足迹
心跳载满了飞翔的翅膀
而你用情歌装饰我的回忆

这头是北方，那头是南方
中间的距离是我安静的守望
从黎明出发，在夜晚到达
相逢不再是无尽的悠长

## 一种渴望与落雪有关

当我想起,皱纹般皲裂的土地
以及高原上干旱的场景,流淌的渴望
树枝的颜色于某个下午缓慢褪去
天空就在这时阴暗下来,无声无息

仿佛是我在对你刻画一个
过去对于未来的预测,或者
一场冬天与春天的交谈。一首诗歌
便在我思考的间隙悄然成行

如果这些日子依然没有落雪,天气晴好
我们依然高颂着雪落的序言
一个人转身,展开一些词语
整个高原顷刻呈现洁白

## 风吹过记忆的边缘

当你的目光在三月的春风中
闪动坚毅的光芒,以及
你光泽而蓬松的头顶
走出一群喋喋不休的春天来

桃花溪水的尽头
你或回头,灿然一笑
淹没在三月的放歌里

我顽皮而可爱的妹妹
在一个繁花簇放的早晨
将身体隐入城市

## 从今天起,三月的桃花不落

从今天起,三月的桃花不落
将隔年的笙歌奏响柔情
抛向你,这永远说不出口的声音
是三月春风中飞翔的纸鸢

三月的空气,在等待散落的静谧
我将满心的欢喜积压心底
三月如歌
膨胀了一些单纯的思念

三月的草地开始返青
三月的生气荒芜了我的眼睛
抬头是你,低头也是你
早春某日,我静听屋外的雨声

## 鼓声骤响的晋西北

岿然而坐,让一碗陈年的烈酒
也能憋出泪来
攒足了气力,抡圆了棒槌
于是
鼓声骤响
鼓声漫过前山后山的沟沟梁梁
祖父就是这个时分
出了西口

晋西北的人家,婚丧娶嫁
或者谁的媳妇生了娃娃
大碗茶旱烟袋,顺便
听一段子早先的响鼓

出了数九,日子开始过得飞快
还有鼓声夹住了年头的尾巴

有人说
晋西北的人擂鼓
那是在捶打生活

## 饮 茶

乡下人饮茶
是为了饮淡岁月
几个人围坐一起
旱烟袋吞吐着家常
茶碗中泛起一年的吹吹打打

乡下人饮茶
忧伤或喜悦
加一把细碎的生活
冲来冲去,冲去冲来
冲不尽半辈子酸甜苦辣
双手捧几分虔诚
一饮而尽
晒干的年头
在碗底缓缓舒展膨大

发黄的记忆上
轻轻挂几片来年的心思

乡下人饮茶
简单而深刻
水花在茶碗中翻滚
日子在指缝间升华

## 鹰在克力孟的上空盘旋

想象许久以前,在悠远而绵长的
克力孟上空
一段剑光出鞘的历史
如残阳的苍悴
兀然闪现
尔后,朔风渐起

大雾弥漫。那些早已黯淡的岁月
如心上的褶皱,嵌满沧桑
我的兄弟将冰凉的刀锋收起
体内淌满青草的血液

烈马在故乡的草原停歇
故乡在烈马的背上疾驰

醉了,历史在残损的古道绵延
什么才是真的。抬手一指
一只鹰如离弦的箭羽
奋然上升
穿透几百年王朝的恩恩怨怨

## 冬天的童话

你看这佩戴各种面具的冬季
多像一场盛大的舞会

首先是立冬,率领一些忠实的日子
开始在坚硬的腊月踢踏而歌

大小雪像一双默契的姐妹
蹑足行走于舞池的边缘

尔后是冬至这个羞涩的后生
挽起小寒纤细的冰冷

去尝试一场美丽的约会
大寒开始同每个人低声耳语

瑞雪丰年，吉庆有余
北风奔跑着散发春天的请帖

立春来了，我在一片温暖的光明中
迅速揭穿你短暂而喧闹的谎言

## 杏花,与酒的一种传说

今早我从翠绿的槛边经过
是你捎来杏花的问候

那洁白的信笺写满祝福
清脆的牧笛响彻春天

杏花,与美酒有关的花
美酒,与杏花有关的酒

只是看见那漫野的杏花
你就足以醉了

或者啜完一盅如玉的美酒
你就闻到了晚唐的清香

## 壶口是一种想象的动作

我最初想记录壶口的
是一种自上而下的姿势
当然,这是指壶口飞瀑的动作
或者是我观察他们的

某一个过程。在九曲十八弯的黄河上
有着无数这样一节、又一节的
立体的落差。上游与下游交替记录
岸上一些长长短短的号子

跃过龙门
就要到海了
经过壶口的大水自上而下地倾泻
最终涌入你心底寂静的海

## 西北放歌

你敢以山野的姿态
吼支西北的老歌么
揭开笼罩一冬的苍茫,我的故乡
青草在瞬间拱出了希望

就以这样的背景
你敢以夸张的兴奋
吼支西北的老歌么
吼出来的归流河,嘉峪关
还有黄河口上那个娇艳的女子

你敢用这支不安分的笔
写篇长短不齐的句子么

## 眺望阴山

我听见黄河的涛声怒吼
看见烈风从阴山的脊梁呼啸而过

采摘一朵晚霞,火红如血
如激荡的野性淌遍西北高原
奔腾不息
汹涌不已

那时候总是因为年轻
大地宽恕了你在某晚的无礼

## 文字游戏

年轻时，总有些掩蔽的心思
纸上的涂抹完了
还在笔记本的一角上
挂起几行凌乱的句子

无数次绞尽脑汁总也不懂
几行文字里暧昧的关系
有几次清醒着头疼
有几次迷茫着欢喜

年轻时，把写诗当作一种游戏
藏在某个午后温暖的回忆里

## 回 归

我相信圣洁的布达拉
在云霄深处,豪迈而舒展
有一只鹰展开翅膀
承受起整个唐古拉的重量

朝圣者的跪拜
浓缩了
人们与大地的无数次亲近

我用全部的激情拥抱西藏
尔后融化在雪山那炽热的胸膛

兄弟,哪天回到拉萨
请转达我对阳光的敬意

## 告 别

一个夜晚总在怀念
把壶老酒惹出了热泪
走了很远
才发现根在西北

今夜醉倚阑干
今夜无法入眠

西口岸那个为我送行的女子
你是否桃花依旧
而我已经老了,悄无声息

一壶酒的温度
忽然就
烫热了半辈子的沉默

## 我的声音把我从深夜惊醒

零二年的岁末,仿佛是惊蛰过后的
第一阵破冰的响动。河流裂开洁白的口子
我看见上游飘来水草的问候
淌过屋前,淌过某些夜晚的宁静

我悚然醒来,用耳朵和黑夜交谈
和坚硬的胡杨交谈,和大片的红沼泽
说起一些候鸟栖息的事情。用双手和远方
那柔软的沙漠,以及草原上冰凉的土地交谈

这是深夜。我蜷缩于一个被称作故乡的
寂静的山村。一些破冰的响动从窗外传来
早春的河水开始割裂我的黑暗,割裂开
大青山南麓的野花遍地,马儿欢腾

## 盛开的三月

当某一片叶子开始在三月
展开所有春天的想象
像多年以前,一个季节
对于另一个季节的虔诚
或者多年以后,一个城市
对于另一个城市的仰望

我们选择在春天里交谈
春天是未来、爱情或希望

选择某个晴朗而舒缓的下午
让一只清亮的杯子里装满阳光
谁在三月的雨中守望江南
将炽热的生活佐以忧伤

整个春天，我们像孩子一样
将每一条漫长的河流洒满芬芳
我们隐藏起这个季节满心的欢喜
看见幸福在北方的大地上静静流淌

## 当我已走进春天

首先,要撕掉自己的病历
诊断书、药单以及
某些不祥的词语。抚平
缝合的伤口,隐藏起针眼

做个健康的人。做一个
无畏的生命,抛弃剩余的药片
和剩余的晦涩。晒太阳
打球,或者吃一些喜爱的食物

我们的维生素是充足的
我们的鲜血,正蓬勃地流淌
我们的骨骼是坚硬的
我们的牙齿洁白而有力

窗外的春天已经来临
哪怕沙尘还会迷掉幻想的眼睛

## 五月怀想

关于幸福的怀想从五月开始启程
那是北方仰望南方瞬间的宁静
让歌颂福祉的文字洒满人间
让鲜花开遍每个孤独的灵魂

五月在丰满的夏天盛开如花
寂寞也无法阻挡季节的远行

你一定不懂我的目光
我的目光总是满含对你的深情
正如你无法触摸五月的夜晚
五月的夜晚总在凝视你的背影

年轻的人们相互握手,亲密拥抱
微笑荡漾着每双明亮的眼睛
谁在北方辽阔的怀中梦见大河
尔后用语言雕刻如水的爱情

## 一食堂，或者宿舍楼

其实一场与春天无关的约会
不过是怀念而已
其实每群人都应该
握手交谈、跑步打球、沟通情感

一食堂的台阶，将一段白色
横亘于左脚和右脚之前
谁有勇气跨越来苏水的味道
或蔑视一只口罩的威严

当我们安静地选择了
接近真实的另一种走法
具体从宿舍楼到一食堂，如果量步
单程四十七，来回九十四

一群人开始聚集,谈笑风生
他们用旺盛的姿态积极锻炼
并将一种精神植入体内
在血管里繁衍,在语言中生长

与春天无关的,不过是怀念而已
当宿舍楼的窗户又一次打开
我总能看到,春晖广场的鸽子在飞
中心公园的鸟在叫,蝴蝶在舞蹈

## 马路上,一次与春天无关的迁徙

马路上,红灯完成一次短暂的化妆
四楼的观望便卷入春天
一群蚂蚁,在光绪三年的幕景中
认真搬家。蚂蚁们严肃且虔诚
向着每个安全的角落
搬运粮食

大雨就来了。以夸张的招摇
有些蚂蚁淋湿了额头,辛勤劳作
水泥地下建隧道,树枝上修筑立交桥
湿了额头的蚂蚁们击掌欢笑

光绪六年风调雨顺
蚂蚁们退出舞台
蚟将回来,顺便把带不动的春天
廉价典当

蚂蚁们开始尊老爱幼，安居乐业
并且忘记春天的一次迁徙
与自己有关

## 中心公园的玫瑰开了

观察一朵花的绽放
或者鸽子房、常青藤
在V形楼的一角
点亮两只盛开的眼睛

教学楼与实验楼的中间
选择一个零点,建立坐标
用经度和纬度分割未来
用显微镜对准鲜花和落叶

然后画图、着色,充满信心
冲洗一张浓缩安详的底片

而这个遭遇劫难的春天,让花朵
浪费氧气和水分,挥霍肥沃的土壤
结成诗中一枚干涩的果实

寄给大地，报告某个平安的过程

我们在街心畅快地交谈
街心是季节的一丛花蕊

## 一朵花的校园民谣

二教楼最高的一层,就是那个
据说可以和天空亲密的地方
只有举手的间隔
举手时,你触摸到温暖的夜色

一枚树叶在夜风中降落
一朵花转身,对着墙壁发呆
民谣开始流放于每个纷乱的时刻

红裙子,蓝裙子
还有音乐中长发飞舞的少女
在我慌乱的迷离中,传递纸条
曾经的同桌,有人已送她一束鲜花

如果谁已倦困,请将额头
搁在流淌的民谣中

自修室的一角,你展开梦境
想象明天,或关于昨天的一些回忆

## 河流一样的温暖

你开始用触摸秋天的手
让体温淌过我的额头,妈妈
我愿意是一条鱼,在水中游弋

二十二年前你以同样的动作
轻抚一枚未熟的果实,而此刻
每一块田地都是丰收的景象

你的温暖在我体内流淌,像一条河
洞察到大地最隐秘的沉默
妈妈,我像一颗露珠在秋风中颤抖

你一定在看着我,在一个起风的时刻
你一定握紧了我们的手
妈妈,秋天的阳光一定长满了天空

可是我依然这么躺着,像所有
二十二年岁月中沉淀的安静
有一些花朵在此刻悄然绽放

二十二年的时光在回转么
妈妈,有你温暖地拥着
我愿意睡去,或轻轻说一句什么

## 我渴望的一切

我渴望将自己的一切
充满呼唤,这大声的呼唤

我渴望每一株干净的植物
安详而健康地生长

每一条河流与每一脉山川
在大地的渴望中,开始醒来

假若有一间小屋,我渴望
四周长满鲜花,屋顶升起炊烟

我渴望一只吉祥的白鹿
把温暖带到每个寒冷的地方

然后将我脆弱的身躯交出去
披起织满曙光的衣裳

而我决不会哀怨、叹气,只渴望
在燃烧的新生中射出光芒

## 有一轮太阳升起来

有一轮太阳升起来
在初秋的早晨
无数支锋利的光芒如同羽箭
把一潭死水刺个透亮

那昨夜的落叶开始腐朽
大地拥有了呼吸的通畅

有一轮太阳升起来
播撒种子的期望

那鲜艳的色彩布满天空
露珠在花朵的怀中放声歌唱
将一切美好的祝福洒遍人间
用我的年轻的目光

有一轮太阳升起来
抵达潮湿的心上

我以我微笑的面孔迎上去
在尘埃飞舞、死水没过的地方
一只斑斓的蝴蝶停落窗前
在追赶温暖的途中偶尔回望

## 总会在记忆深处

总会,因为保持了山脊的姿态
不肯把目光低下去,总会
因为膜拜那高昂的目光
才把记忆深处的怀念隐藏

就这样站起来了。总会
一步一步走向丰收的田野
总会看到那个地方的
鲜花盛开,五谷丰登

如果把飞翔的日子想象成
流动的文字。总会
有饱满的文字如同果实
在秋天的目光中挂满枝头

总会在季节降临的时刻
举行庆祝。这时候
我把记忆的忧伤搁在房间
总会，自己走出来

## 怀念一个秋天

怀念一个秋天,就像
怀念我死去的祖父,以及他
藏在某个角落的笑容
怀念一个秋天,如同进行
一个支离破碎的游戏
在这里开始,在某些
不易洞察的暗流中
主角们渗干为河床上的回忆

我和我的不幸
足以构成收获之外的
又一层风景。不去收割也
不肯倒伏。当然也不会留恋
另一个秋天的
另一个自己

直到有一场雪落下来。落在
所有裸露的土地之上
我终于想起与祖父有关的
各种笑容，以及各个秋天

## 关于汉字的想象之一

我将这神圣的方块,举过头顶
总有些血性的物质要进出响声
进出九曲黄河的
涛声不绝,进出
某种力量以外的精神

像拓一幅图案,拓一个
与大槐树有关的传说
拓一段故事,拓为一首
惊天动地的长诗。或者
一次事件的全部过程

这些铿锵有力的文字呵
在春秋的争鸣中响过
在汉唐的繁华中响过
在我祖父的骨骼中
悠然响过

在某个午后响过,在一个
空旷或寂静的午后
我默然而坐,翻开一页
沉重的历史
响声在瞬间戛然而止

## 关于汉字的想象之二

如同父亲在春天种下的
一些希望的豆子,我在此刻
种下许多散落于民间的文字

在另一块土地上。我一边歌唱
一边撒出这些闪光的文字。在一块
更为贫瘠的土地上
父亲用心血撒出一掬金黄的豆子

期望另一个季节,我们都会
满载而归。满载某些
丰收的幸福和胜利的喜悦
我也会骄傲地宣布
看,这是我们的果实!

## 关于"某"

春夏秋冬之乎者也或者
一个人一件事一次过程

我们用某字作为他们的定语
说明这些描述具有不确定性

比如甲乙丙丁子丑寅卯
某字延续了我们的古老传统

张某王某有人称我为李某
我们逐渐习惯了这种现实的象征

## 写诗换酒

那就遵循一个规律,去进行
某件事情。日子过得死心塌地

我开始写诗。写一首,或者
一本厚厚的诗集。许多人认为
我写诗的姿势很潇洒
像在喝一大口烈酒

谁也说不清楚,我是在写
一本诗集,还是
写明天的酒钱

## 暗　恋

丢失一个汉字
写诗的心情一落千丈

我曾暗恋一位叫白兰花的姑娘
那已经是某年某月的事情了

像撕开一张窗户的贴纸。有时候
时光撕开了我心头的另一层伤疤

那是关于记忆的
另一种高明的表达

## 孔雀东南飞

木棉花盛开的那个傍晚
天空降下最后一抹云彩,百鸟归巢
一只孔雀超越平常的姿态
以舒展的动作飞向东南

如果这是一个虚构的传说,如果
你所读的经书中有关于孔雀的描述
长羽,色彩艳丽,热带生长
而你只注视到它逆风而舞的形象

合上经书,迅速隐藏这个复杂的细节
如同陷入一场芜乱的追逐。东南天高
当夜露沾湿你的头巾,你终于想起
今年科试的时间在九月,孔雀东南飞

## 接近春天

如果是春天,如果
我们的希望正如野草般葱茏生长
我愿意展开温暖的语言

花朵一般地歌唱。然后一寸
又一寸地接近这烂漫的春天
接近阴山南麓的一些莺飞草长
在某些寒冷的日子,我接近火把
接近了遥远而羞涩的故乡

霜降过后,立冬冒失地闯来
新年便在一片噼里啪啦中露出笑容

## 当看见远古的某些痕迹

起先是十字,后来
便成了四通八达的井。
尧都的街道此刻无限深远
尧都,开始剥离大河的痕迹

一座庙,一条河
构成了一次完整的传说
构成了帝王与平民的
相安无事。以及

一种叫作文化的延续。
再后来,尧都成为更加畅通的
什么什么字,人们的视线却堵了
只能看见远古的某些伤疤

## 包临线上

像掠过一些纷飞的记忆，某一个时刻
有无数的高楼、树木和起伏的山峦
掠过我的目光。掠过了无数陌生的站牌
这是包临线的景象，时光滚动的痕迹

像铁轨一样延伸。这样平行着老去吧
语言在车厢里开始交锋。我于是窥视
这些浑浊或裸露的表达，他们带走
长夜的单调，以及某些遐想

期待一次真实的交谈。像是期待
夜晚之后的黎明　从一个白天到另一个白天
经过长夜，经过一些遥远的臆想
经过更多卑微着站立的希望

包临线上,把一些浸水的想法育为文字
育出某种语言的丰润。当许多灯火
在垂暮中闪亮,这些文字便如蜿蜒的丝带
将我的表达编织为另一种心情

与祁连山以南的大片草地
有必然的关联,以及必然的感动

## 致巴勃罗·聂鲁达

一个人躺在河沟里晒太阳
把耳朵摘下来,把
眼睛、鼻子、头发和双手
统统摘下来

只留下嘴巴在欢快地歌唱。
关于河沟里的太阳,关于物理的
蒸发之后,首先把眼睛放回去
于是能看得更远了

然后把双手放回去
便能排列很多字母了

## 在河北平原上停留的片刻


停留。一望无垠。
平原野草如散漫的归人
醉行黄昏。醉行于更远处
天地融为凸凹的风景

当我如此贴近地临摹这些景象
用潮湿的手掌,抚过些庄稼的痕迹
我知道那是父亲的锄头
与土地的私语

这些景象应该隐藏于一颗颤栗的汗珠

朝前走吧!跟着父亲们
沿着他们黝深的脚印
太阳朝一个方向缓慢前行
天空静穆着,平原在我的注视中
是这样平稳地移动

## 去香山的路上

我知道这不是秋天的时节
而春寒仍然刺痛大地的面孔

我在北方的一支脉搏里驰骋呵
在一些坍塌的墙垣上歌唱
当更多青灰色的建筑
掩去曾经的院子,堆满干草的老屋

这些景象已单薄得令人窒息
我知道这不是秋天的时节
而野草总在卑微地活着

山在山的肩膀上耸起
路在路的目光中延伸
想象的到达,原来如此脆弱
我的思想终于丢失在终点时刻

## 这一种残缺

有一种沉默
比愤怒更可怕
有一种沉默
比爆发的力量更伟大

大水法,寂静的大水法
繁华过,却沉沦的大水法
你巨人般的身体是如此袒露
你勇武的姿势却如此惨烈

大水法,悲郁的大水法
站立过,却倒下的大水法
慷慨如黄昏的号角
奏响一曲永久的残缺

这一种沉默呵，是刺向欲望的
淋漓的锐剑，是鞭笞文明的
古老的牛筋
当这一切归于陈旧
这一种沉默呵
直抵我隐忍的心灵
比愤怒更可怕

不倒的大水法，威严的大水法
是我祖先千万支坚硬的骨骼
这一种沉默呵
支撑起民族的尊严
比爆发的力量更伟大

# 告 别

当我们终于无法写下一个字
对美景无动于衷,满怀惆怅
当我们开始把自己的身体放低
低不过一粒细小的尘埃
当我们的悲伤慢慢滋长
在而立之年的门槛边,佝偻腰身
看不到高耸入云的楼房和梦想
当我们发现天气转凉,苍茫遍地
再不能触摸一抹温暖的背影
悲伤与幸福,仿佛一粒种子的命运
短暂的欢愉让我久久迷失
当路灯终于亮起,人群散尽
那些落难的记忆无人告慰
我该走了,我该走了

## 随遇而安

而立之年,倾听一块石头的歌唱
在漆黑的夜里,我相信
它一定看见了我的脆弱与惶恐
在遥远的纳木错,我绕过沙砾
绕过白马的蹄印和瘦小的飞鸟
它与我迎面相遇,哦,饱满的脊
令我在瞬间无所适从
那周身布满的拱起的纹路
在海拔五千三百米的高空飞翔

而立之年,我要拜一块石头为师
在念青唐古拉山畔的下午
我仿佛看见自己的另一个三十年
写在石头的身上,并且
像它一样坚硬

## 雁北随想

白雁掠过亘古的目光
云的额头写满飞舞的翅膀
我在黄河以北的高原上
展开大地与山脉，旷野与胸膛

有谁注视那些
灰暗的逆流，那定是
雁过阴山庞壮的阵势
雁过阴山，湮灭元朝的响铃

云之端，一万只大雁长空回首
古老隐于更深的静穆
雁北之北，是谁注视那久远的戕戮
是谁唱热了马背的苍凉

## 葬礼之仪式

给予我微澜的大海
在脚下。白云托起沉重的身躯
一些海鸥跳跃于时间的空隙
白云之上。另外的一些
静止如无声的卵石

如果我死去,请将笑容
葬于你的心间
请将我曾经飞翔的翅膀
挂在那无边的大海
或者空气之上

## 我们这样度过想象的秋天

在深夜写下一些文字,是关于
塞外的秋天、阿尔丁大街
和一些碎落的叶子
秋天来临的时候
可以这样解释一个词的含义——
碎落:梦中,身体与母本的分离
河流阻断,大地陨落
一枚果实在瞬间到达成熟
语言轻轻抬头
展开一张远行的表情

在秋天的更深处
把阳光积攒,把粮食收藏
把逝去的亲人装进记忆的背筐
推掉无谓的应酬,不再言语
把鞋子穿好,把马蹬擦亮

然后用七天的时间
打点未来的行囊

## 庄周化蝶

一个人在秋天看到了冬天
比如：在秋天的叶子上发现霜冻
花儿枯萎，果实凋零
一只松鼠凿开温暖的洞穴
万物沉寂，秋水将至

如果一种语言游离于虚构
包括走远的标点，散佚的符号
一缕古老的阳光划过微尘
秋水大至，在双手的间隙里
浮动如蝶

一个人在秋天看到冬天的瞬间
庄周看见了飞翔的冷

## 窗外的麻雀以及其他鸟

我听见今夜有一些北风吹过
麻雀在窗前叽叽喳喳
哦，这样一个高度
刚好低于天空的雾霾。就像
生活低于理想，信念低于期望
一只麻雀蜷缩在窗边
穿透坚硬的玻璃，觅到我的灯光

除了灯光，温暖的还有小米
一种北方大地上广泛种植的作物
一种养活我茁壮成长的粮食
而此刻，我将一撮小米堆在窗台
我的孩子们，这些饥饿或困顿的麻雀
给你们一些昏黄的灯光和干瘪的粮食
我也饥饿，也困倾，可我无法在阴暗的夜里
发出一丝声响。当我喝完这壶酒
也许，天就亮了

## 有许多美妙的事情不必细说

陈老克海,面对一条大河,他手足无措
这不是清江。黑暗之中,我看到了他的饥渴
他向天空伸出疲软的双手,想抱住什么
比如寂寞。他的咳嗽时断时续,就像
黄河底下的石头在磕碰,空荡荡的声音
洒满了夜空。他朝着黄河说话,歇斯底里
多么希望一条鱼附在体内,温暖倾听
一条鱼却钻入河底,把自己隐藏

每当想起这个黝黑的男人,我就落泪
给他一双翅膀、一些粮食和强壮的体魄
给他一个女人,乳房饱满,千娇百媚
嘘,有许多美妙的事情,不必细说

## 无 题

他们在安贞桥上匆匆而过
光鲜的步子,幸福的步子
那些踩在春光里的步子
没有被记录的步子,独自
在忙碌的春天穿行
赶公交,抢购即将过期的面包
一张晚报就能遮挡整个雨季

在这样庞大的森林里
他们像一群寂寞的鸟儿
辛勤觅食,添置巢穴
当命运碎成一段又一段旧爱
那些流淌的步子,轻快的步子
常常不由自主停下来
躲在某个枝头暗自哀伤

## 烈　焰

迈克，我那舞动烈焰的兄弟
如果你睡着了
今夜我将多么寂寞

那些跳跃的烈焰多么寂寞
多少年，我像你一样热爱生活
一样穿梭于白色与黑色之间
却无法踢踏而舞

这是多么寂寞的晚上
迈克，我那舞动烈焰的兄弟
狂欢在今夜戛然而止

没有狂欢的夜晚
还算什么年轻的夜晚
四楼酷热无比的寓所

迈克,今夜无边的寂寞
只属于我

## 当 年

八年以前,在我大学的宿舍
你用愤怒的脚步砸坏一辆汽车

用这样的方式表达愤怒
我砸坏了理想、猥琐和虚假
砸坏了宴会上精美的酒杯
生活从此无比糟糕,甚至不如你的脚步

迈克,那一辆汽车多么脆弱
我和我的生活
被无数愤怒而哀伤的脚步践踏
那些脚步,砸碎了我八年的光阴

杂乱无章的脚步
是我对你最后的仰望
如今我已而立,愤怒不再

一些八年之外的回忆总是涌来
有关爱情,有关际遇
还有你未曾见到的温暖的歌声

# 第三章　随遇即安

## 故乡的雪

十二月初,塞外寒冷的时节
父亲的信如一只飞翔的白鸽
于遥远的空际,缓缓降临
我的枕边上
父亲说:家乡下雪了
那是一场足以把一切覆盖的
大雪

塞内塞外
父亲和我用两种不同的方式耕耘
尔后把同一种希望收获
塞外十二月的严寒中
我以虔诚的姿态
想象故乡的大雪
那场足以把一切苍凉淹没的
大雪

在故乡,总有冬季那纷扬的大雪
净化所有的忧伤与失意
这世界,就如天使的目光一样
纯洁

父亲还说
娃儿,过年一定要回来
看雪
我掩面而泣,那雪
颜色一定像父亲累白了的
头发

## 贫困的夏天

最好以一种隐秘的方式
盗取屈原的灵感
然后,把阳光雕琢成一件精美的商品
沿街出售。那是一个恍惚的下午
我偶尔抬头,把鹰的盘旋
想象成一行飞翔的文字

一个流于世俗的年代
情感便为奢侈的商品
人们开始热衷于廉价的阳光
起码,能从中挤出点便宜的笑容

一个人沿街出卖阳光
总是想为自己补贴点口粮

以飞舞的姿态接近阳光
保留一个诗人真实的形象
有人用乡村的语言编织童话
或者，以醒来的姿态述说梦境
诗人们的头脑里
一直缺少经济的形状

如果把浪漫折成一只风等
总还能支付最后一笔酒钱
阳光也许会卖到三毛钱
却不及一个馒头的重量

2001年这个贫穷的夏天
我的表达在你面前是如此惆怅
或许是一个季节疯狂的梦想
抑或一个人最真的守望

## 八月四日凌晨的太原火车站

也许是相信了漂泊的宿命
也许是坚定了梦想的追寻
这一夜,零点的钟声已经敲响
我在空旷的大厅中懒散倦困
这是八月四日凌晨的太原火车站
这是夏夜流淌的无限伤痛

夜色黯淡了街边的霓虹
一个婴儿在响亮啼哭——
声音划透长夜的沉闷
这是八月四日凌晨的太原火车站
历史以紊乱的方式缩影

一个旅游团从站口鱼贯而入
一个艳妆女人侧身而过
一个精灵在沉睡的城市上空飞舞

这是凌晨两点的太原火车站
这是把玩孤独者的片刻冷静
这是浮躁与焦灼的阵痛

拥有将不再失去
拥有即意味失去
八月四日凌晨的太原火车站里
我期望有一丝黎明早些到达
把思绪从无边的沉溺中唤醒
晨钟敲响的时刻
必定是一个充满爱意的远行

## 异语与真实
　　——诗的另一种写法之尝试

一粒种子在石缝间向我哭诉
说阳光给它兑现的全是谎言
发芽和生长还在思想里孕育
春天就已经跑得老远

我在城市的街道上行走
忧虑或迷惑,蓬头垢面
对面的自行车与小巴热烈亲吻
世界的气氛在刹那间改变

在物质与精神更加暧昧的今天
野菊花显得稳重而深沉
有些假的东西其实也很实惠
比如说我的香味就能赚钱

一只苹果落在牛顿的头上
它便包容苹果以外的哲理
另一只苹果落在我的头上
三分钟后成为一枚果核

黑暗长满了充实的翅膀
在单一的色彩中左冲右突
如果明天大白菜又涨价了
写诗就成为一种谋生的手段

我喝完李白剩下的水酒
血液开始在体内倒流
有人说这是反叛,我不以为然
伸手打碎一只唐朝的瓷碗

日光灯以为自己是太阳的复制
很多人也这么认为,并久而愈坚
人类的感情在纷杂的电网中短路
黑夜才意识到有些东西永远无可替代

汗滴禾下土,滴成为一种直观的过程
庄稼捞足了雨水和阳光,努力生长
灵魂被当作风筝在天空飞舞
制造灵魂的人却还在地下受苦

西绪弗斯把半只苹果挂在树上
人们的目光便成了容器,盛满惊奇
苍蝇说我来给你作质量的证明
随后半只果子渐渐烂去

我用一天的伙食换一本书
有人用一本书换一天的伙食
在嘈杂的马路边微笑着成交
行人都说卖书这小子占了便宜

草地上的孩子在玩游戏
每人戴一顶绿色的规则,分外显眼
大人们呷干了茶水
谈笑风生,他们没有规则

布谷鸟开始细心打点自己的翅膀
游鱼拒绝了破冰,选择封闭的方式
我北方的女友引吭高歌
春风吹跑了她固定的沉默

一只虫子偶然间爬上书架
油墨的香味让它推迟了化蝶
被庸俗包裹的肉体
总要把满腹诗书装得形象化

有人把鱼饵捏成一团幸福
引诱物质的活物
谁在吞食时卡住了喉咙
这又是谁给谁的诱惑?

躁动的思绪击碎了冰点
在一堆杂乱的废墟中闪烁其词
存在于客观年代的植物
冷不丁结出一种非常的果子

## 我站在马路中央

就这样站着。像在导演
一场没有预设的剧情

斑马线附近,总有一群
未知的演员。他们在瞬间
闯入我惊栗的视线

闯入某个场景。逼真的
悲欢离合,形象的表情
我用记忆这漫长的胶片
携住某个场景,按下快门

就这样站着。红绿灯
是我最好的搭档。只须喊出
红灯停,绿灯行
这个简单重复的口令

许多情节便像某个秋天的
一些叶子,纷沓而至

许多年就这样站着
不声不响。而我的目光总能
正确地指挥远处的
左边或右边。许多人经过,许多人
成为这个剧本的某一个镜头。
许多人表演自己,许多人
刻画黎明和黄昏
剪辑某些重复的岁月,将另一些细节
录入音乐和色彩的背景
反复放映
最后使自己投入一次真实的感动
十二月咏叹调

十二月,从一个惊栗的符号开始
北风突然摁下你伸出的手指
摁下了一些日子。十二月的天空发亮
土地坚硬,像一位年轻人的牙齿

你开始从第六层构筑自己的高度
于是看到落叶纷飞,野草枯黄
霜冻推迟了某些句子的出现
十二月,终于嚼碎九层的一块玻璃

## 第十层起,适合喝酒和熬夜

高处不胜长夜这无边的寒冷
酒是暖的,酒一直用火辣的目光看你
温暖穿透了地基到头顶的距离

月亮在维护夜晚的秩序
十五层,有人安心于平淡的生活
柴米油盐月末的聚会
剩余时间,他们在欣赏插播的闹剧
终于构成了一种仰望的哲学
欲望即将蔓延到更远的空间
草地或沙漠,青山或平原

二十二层,敲开某扇词语的大门
名词也鲜活起来,你必须虔诚地
把形容词从敞开的窗口洒下
然后沐浴焚香,迎接未来

二十六层洁净的梵声弥漫开来
让我们高颂赞美的歌词吧
让我们心怀感激、体验关怀
思想的高度止于一个安详的符号

十二月,打开一位诗人忠实的灵感
雪花便从顶层的天空飘落下来

## 十一月四日保定大雾

像利剑刺穿巨大的天空
我的目光承接时间的阵痛
这一定，一定是土地那惊恐的战栗
黎明也开始在我的面前呻吟

十一月四日，大雾在将醒之前悄然来临
我看见妖娆的花朵——
那水的尸骨凝结而成的晶莹
这些细节在瞬间令我颤动

雾的粒子，仿佛无数堕落的性灵
他们拍手呼号，组合为破败的风景
他们阉割我关于美的幻想
绝望爬过车窗，窒息压满了头顶

这是令一切变得苍茫的大雾

初生的期待,已溺死在无边的远处
十一月四日,一个仓促的音符划过耳畔
悲哀也无法唤醒内心的痛怵

这雾的欲望填满了世界
它与黑暗的利器比足同行
既然无人为我们指引前方
不如向着雾的深处沉沦

在那模糊的黑暗底部
有车轮辙下清晰的声音
我们为何还要在土地上行走
洁净的脚步已不堪泥泞

道路在迷雾中恍惚闪现
这世界,终将透析出黎明的芬芳
当我们攀上生活的脚手架
便能看见遥远且寂寞的忧伤

今天,阳光在别处照耀大地
我年轻的语言,已随它飞翔

## 大地深处急促的心跳

我听到大地深处急促的心跳
它与母亲的脉搏紧密相连
4月14日,你的身体突然战栗
双手已触摸到安静的人间

我们从未如此亲密地依偎
在这安静而悸动的人间
祝福从废墟上升起
使我突然感动于你身体的汗味

感动于你的消瘦的脸庞
你皲裂的双手给我温暖的依恋
在这温暖而静谧的人间

不要在黎明到来之前睡去
玉树,有人已将胸膛和双手捂热
为我们找回阳光和春天

## 玉树：同一种呼吸

当我用微弱的声音告诉你
从没有哪一个生命，可以放弃
当我拨开一掬冰冷的泥土
看到英勇的格萨尔王策马大地

我那未曾谋面的亲人们
黑暗不会抵挡光明，灾难无法掩盖尊严
你一定要在废墟上重新屹立

当我用微弱的声音告诉你
世上只有同一种坚强的呼吸
当我俯身拥抱苍白的高原
分明听到你骨骼舒展的声息

如果冰冷可以储藏温暖
柔软储藏了坚硬，那么，玉树
我愿在喜悦中为你放声哭泣

## 传说：大水

水自春秋的一本经书发源
流至盛唐。从天的一端悄然而降
我知道如此深沉的大水
以久远之重，流淌过干涸的身体
和我的诗歌，脚下的土地

我的祖父，从湿漉漉的岸边
抓起一把柔绿的水草
那是我的父亲，他以同样的动作
抓起湿漉漉的我
和一串闪光的文字
我与这些文字一起生长
在盛唐的大水中沐浴
在春秋的源头听一段祖先的故事

皆是传说。击缶而歌的一刻
谁的古筝羁绊了名士风流

那是异乡一叶满载音律的扁舟
梵音不响,盛世的旋律漫天而至

浮生若水。打马自一游江畔走过
必会邂逅梦中的青衣女子
我的语言,在八百年飘摇的酒垆间
从天而颂

水自春秋的一本经书发源
我的身体早已浸透这种恩惠
而我的歌,仍在沉睡未醒
于积淀着千年传说的一只杯中

祖父,父亲,还有湿漉漉的我
痛饮这杯取自盛唐的歌赋

当我和我的诗歌,一起醒来
当我从春秋的源口找回传说
土地、粮食和一支婉转的曲子
从盛唐的街头,看见自己的身体
我笔下的文字便如大水,汹涌而至
自一个王朝延续另一个王朝
自一种洪荒漫过另一种洪荒
我打马路过的一游江畔
天空在瞬间回归洁白的宁静

## 关于大雾

我知道,初唐这苍茫的大雾
从我柔软的乡间涌来
从那每一掬湿润的泥土中
把你带到我的面前

便有那阁楼深处的秘密
雪花一般盛开
你那娇小的温暖抚过大地
大地一片生机盎然

我已然听见
这些低沉的大雾如此汹涌
它们发出苍老或疲惫的笑声
而你,我的孩子,你无所畏惧
坚定的目光射穿了天空

当我走出阁楼,展开僵硬的身体
抚摸乡间的泥土和灿烂的星辰
喝一点新酿的烈酒,孩子
大雾已然散去,长歌未央

而有那阳光侵入我的衣衫
慢慢破碎,慢慢成为一把时光的匕首
刺穿我的心脏
我恍若听见,一只来自乡间的夜莺
(天空是它的乐章,落叶为键)
在我无人知晓的葬礼上
它的脚趾开始奏响最后的哀乐

## 慈行：为逝去者歌
——纪念离世的诗歌兄弟吾同树及辛酉

今天早上，我突然沉默
然后跑遍卧室、厨房、客厅、书房
还有并不宽敞的阳台
可我真的无法找到一个地方
能够挂起绳索
能够让生者离去之后
还可以高贵地站立

当丑陋和庸俗结伴而来
死亡的面孔便不再可怕
星辰总会升起，太阳也会落下
一个坚定而自由的召唤
总会在夜深人静时候
使胆怯者变得勇敢
使安静者变得睿智

所有生命都开始枯黄
离开便是丰收的成熟
成熟与死亡
他们没有任何区别
只有热的血,让我感觉到
内心涌入的慈祥的光芒
这是来自遥远的召唤
我们不是凶手,我们是那
挥舞着灵魂奔向自由的路人
身体不再成为累赘
虚伪不再是白天假装的衣裳
击中吧
只需要击中一次柔弱的内心
就会变得坚强

坚强是什么样的表情
耳朵聋掉,眼睛瞎掉,声音哑掉
甚至,嗅觉丧失,我的心也
一点一点烂掉
哦,接近死亡的路
就是一次慈祥的远行

死亡的面孔不再狰狞
我多么期待一次

长久而自由的离开
鲜花铺地,大河没有尽头
梵音吹响了梦的战栗
我的归宿在远方

慈祥的远方
那么快地到来
哦,生者们纵情欢呼
我就躲在暗处
没有悲伤与快乐
时光在黑暗的洞口呼啸而过
带走光彩以及一切

多么真实,多么幸福
我是一个穿行不息的旅行者
那就请你们悄悄地
悄悄地离开

# 第四章　短歌行

## 失语者

对于生活,他无力表述
他的脸庞向着夜晚打开
孤独总是杂乱地拥来
有时候,他手足无措
耳朵里填满了暗夜的风声
他的步履艰难,疲惫上升到喉部
像是经历了一场巨大的灾难

他的声音像一些破碎的青瓷
被时光打磨,被一群远处的鸟
当作圆润而风雅的玩具

在更多的夜里,听不到任何动静
他偶尔冲动的目光不再闪亮
兴奋总是一直跌落
在地上摔出短暂而清脆的声响

## 农事颂

他们说起秋天,颗粒饱满的粮食
就开始启程。这些熟透的语言
在秋天的阳光里欢快地交流
他们咬耳朵,窃窃私语
或者把自己变成幸福的诗人
亲人一样拥抱遍地的意象
你说,这该是一个怎样的秋天
明亮的果实挂在庭院
粮仓里囤满了丰收的秘密

只有父亲,他总是在醉酒之后
把自己弯成一株直不起腰的高粱
虚妄扔给大地,充实留给自己
在那干净的秋天深处
河流淌过他宽厚而坚实的胸膛

## 蜀南吟

在蜀南竹海的深处
我注视一丛阴冷覆盖的野草
这是卑微而旺盛的植物
这是阳光不曾照耀的孤岛

也许在潮湿的竹海深处
多少命运被悄然遗忘
这些不曾枯死的绿色
它的安详让我无处躲藏

它们被种植在生活的低处
爱一切的沉默、雨露和天空
爱一切茁壮成长的人们
哦,这些矮小而柔韧的孩子
从不会仰视别人的头颅
大地却赋予你高尚的灵魂

## 春天记

在春天,果实们总是幸福地
从沉睡中醒来,欢呼跳跃
它们向着躁动的田野和矿山
向着奔跑的牧马、恋爱中的人们
露出红彤彤的脸
这个春天雨水充足,阳光和煦
它们伸懒腰,享受着枝头的温暖

而有多少内心苍白的人
他们耻于为一枚果实歌唱
他们总是摆出演讲家的架势
开始与春天计较冷暖
在无数夜晚,挥霍彼此的身体
哦,春天没有干涸的梦
弱小的手已经为你掌起明灯

## 司马台

你终于能直起腰来
站在寒冷的高处
不说话,甚至
不曾有一个字写在脸上
那么高,那么寒冷
你黑色的骨骼
主要由沉默构成

决不肯把腰弯下去
沿着越来越细的孤独
大风攀援而上
仿佛一场失语的表演
惊动了台下不说话的观众

我站在司马台的长城上
想哭却哭不出声音

## 剥洋葱

剥去一层又一层
苦难的外衣
剥去枯萎,剥去松软的泥土
爱和孤独的棱角逐渐显现
那些在低处生长的梦想
像一场盛宴之后
纷纷散开

剥去刺眼的色彩
以及一切商标、色素和包装
直到最后,洋葱被一双纤巧的手
剥出了晶白而柔软的内心
曾经多么亲密的肌肤
破碎为身体的病灶
黯然坠落

# 夜 雨

如果夜莺摔断了翅膀
你一定听到黑夜的惊慌

那是一场海水般的大雨
咸腥的晚风掀起波浪
鸟儿们在雨中相互诉说
它们的目光充满渴望

仿佛一块巨大的礁石
冷暖早已无法想象
那些在潮水中窒息的爱情
重生不过是无望的哀伤

大水终会漫过美艳的珊瑚
漫过一场暧昧的影像
我们总该轻轻拥起
河岸之上细小的凉

## 丢 失

当你带走我的钟表
我把时间丢失
当你摘走我的花朵
我把颜色丢失
剩下混乱的分秒和黑白
我只能低下头,说是的

我用长剑与武士们决斗
你却把盾牌藏起
那一支祭奠死亡的花
太阳和鲜血构成了身体

而这身体也将被你偷走
我不是冰雪,要怎么融化
当你责问我的慌乱
我只能低下头,说是的

## 左 右

亲爱的,请把你的双手给我
并赐予一株温暖的植物
给我词语的关怀
这冰凉而瘦小的双手
我将用它点燃炉火与诗歌

请不要出声,亲爱的
你是我体内细小的文竹
我用双手种植光明
这光明也会开花

如果可以和你并排站立伞下
必定会有一首宋词
被我们持久朗诵,声声之慢
哦,亲爱的,请不要出声
有一片雪花正要降落你的唇边

## 春 天

是谁用指尖打开春天
冰雪消融,白马一梦
倘若我在土地上抒写爱情
就会把青草与花朵惊醒

遥远的故乡,依然天寒地冻
那挂在壁橱上发黄的照片
是父亲取暖的唯一途径

青草是我的身体,花朵是歌声
七个若寒是大地瞬息的温存
而我必须在此刻开始恋爱
欢悦蛰伏于细小的水纹

柴门无犬吠,我多么希望
在这春天的某一个风雪之夜
轻轻叩响父亲的门

## 盛宴之后

我们把浊酒举向天空,在高处
将不胜寒冷的身体又一次抱紧

悼词在天空闪烁,种子在孕育
青草在装扮者大地威严的面孔
关于故乡的记忆,早已支离破碎
一些童年深嵌于梦境深处的年轮

向死而生,不过是人间安详的阵痛
不过是暴雨之后,山岗之上的彩虹

而在暴雨来临的前夕,我已然举起
毕生的忏悔、无助,以及仅存的烈酒
无比虔诚。谁将生活洞若观火
在触不及防的慌乱中撕裂乌云

这乌云的利剑终将指向祭台
它曾刺穿我们的虚妄和爱情
它曾在醉酒的夜晚低声哭泣
曾把月光掩埋,将般若吟诵

这是仲夏七月的深夜,万籁俱寂
我放下酒杯,洞察到瞬间的宁静

## 附：小小的心，开向太阳

北　野

　　晓奇是个好人。其实好人不容易做，为什么呢？好人需要长期持守，不像是糠秕，随了风就散尽。"不从恶人的计谋，不站罪人的道路，不坐亵慢人的座位"，从这些里分出身来，在安静的生活中始终坚守寂寞和公义，这可以使家庭朴素工作和谐且内心璀璨，这就是好人的结果和回报。晓奇在这样的状态之中，慢慢地品味和感悟生活，读书和写作，为远处的空间所接纳，为自己的思想所融合，为诗歌的牵引所感动；这其实更容易形成一种像风一样的力量，使一个人的内心被反复擦洗和清扫，因而变得开阔和透亮起来，变得明媚和澎湃起来。

　　对于晓奇，正如诗人兼评论家东林在《山西新诗九十年简述》（《山西日报》2007年12月25日）里评论他的一段话："若寒就是这样一位极具潜质的青年诗人，他的诗既有与古典诗歌相通的精神脉络，也充满了新边塞诗风的影子，他的诗歌语言简约凝练，明快而富于韵律感,他的诗就像一棵春天的草,小小的心开向太阳。"其实这是他走向成熟而应得的赐予。近年来,我一直在注意着山西诗人若寒——晓奇的写作,尤其因为熟悉他本人而更多地关注着他的诗歌创作。

晓奇是那种靠抒情和思考来呈现具体诗意的诗人。诗歌的抒情性历来因为人类文化的共生属性而取得了惊人的一致和强烈的共鸣。抒情精神永远使诗歌具有传承之力,这是诗歌在文学发育初期就因其咏叹和歌唱的抒情功能而成为桂冠的最大理由。看来晓奇是不反对抒情而是重视抒情的,他的第一本诗集《完美如零》就是证明,这同时也可以从他整个的诗歌创作里看出这种特点;而后是思考,如果抒情是一种光芒,那么思考就可以看作是光芒之中燃烧的核心,如果没有了这个核心,再光华灼灼的诗歌也将昙花一现。晓奇显然清楚地知道这些,虽然他是个"80后",但他明显不在"80后"那个狂躁不安的诗歌圈子里,他那么安静,走自己的路,尤其在认真地实现着那个情理并重的诗歌理想,即使这个理想有些过于完美,这都需要他祭献自己的才气和长久的安静,我想,他已经明白了这一点。

晓奇的诗歌没有那种时髦的追逐,他技巧单纯,语言朴素,思考生活,遵从内心。对于诗歌写作,这些是特别重要的。晓奇的作品在大学时代就自觉地消弭了青春期的激烈和虚妄,没有傲慢的舞蹈和狂欢,没有卦辞式的赞美,他有着出奇的成熟和内敛,有着"冷眼向洋看世界"的目力和心态。所以我至今看到他那些大学时期的作品,仍旧感到他安静的品性,有热情但不极端,多思考但不困惑,有渴望也有恍惚,有回忆也有伤感,这些都使他校园时期的诗歌道路多了一份自由和起伏。像《当看见远古的某些痕迹》《在河北平原上停留的片刻》《去香山的路上》《我站在马路中央》《关于汉字的某些想象》等作品，从创作轨迹上就代表了诗人一个时期里的诗歌追求和观念，这也许是在无意中形成的，它说明了一份积淀所延续的力量应该具有的基础一直都是稳固的。进入社会之后，他的诗歌开始变得更加扎实和坚硬，这使他的思辨能力得到了尽情挥发，他的写作开始有了刺痛和锋芒。这个时期最令人注意的应该是《十一月四日保定大雾》及《村庄史》（《山西文学》2007年第5期），后者是他的诗歌作品中比较长的一首诗。我坚持认为：《村庄史》就是一部心灵史，是生命中飘过的无数岁月和记忆里情感雕刻的版块，并且这个版块还在不断地游移和改变，有了众多的光照和承载，有了自己的重量和背景。《村庄史》在写作上是平易的，这样的风格淡化了那些隐喻和技巧，如同醇厚的抒情牧歌，有一种苍凉和幽远的味道。它可以让人在草原上听到，在心底里发生震动和回响。我们从那里来，要到那里去？这一切都因不断的追问和没有明确的结论而使现实变得扑朔迷离。诗人是通灵的，所以诗人首先要迎面遭遇这个问题，并且提出质疑。"我无从知道，一个村庄/曾带给我怎样的臆想"。其实诗人已经洞悉了这个秘密，而更大的秘密是：草原、母亲、落魄的孩子所构成的血缘关系已经深入到了栖居中无限伤怀的诗意。"当我成年后"乃至"许多年以后"，记忆仍然"像一把锋利的匕首/割开我陈年的旧伤"，这些生命中不灭的影像所创造的片段，成为心里一种提醒，并且带着触动人心的永恒之力，使一首诗也同时具备了抒情要素和很好的质地。思考使作品和他自己在本质上拥有了更多的语义，体现出了一种自觉反省和情绪怀疑的征候。这一特点的作品，还有《传说：大水》（《星星》诗刊2007年第4期）、《记忆》和《雁北之北》（《扬子江》诗刊2007年第6期）等等。

诗歌是一种危机。在心灵里，她也许是世界性的危机。在这样的诗歌现实之中，晓奇的路还很漫长。"我们相互传递的只是征兆"（里尔克《哀歌》），那么，做一个本质上的诗人，山西诗人若寒，在品味汾酒醇香的同时，也许还需要更多。